LES ÉDITIONS Z'AILÉES
22, rue Ste-Anne
C.P. 6033
Ville-Marie (Québec)
J9V 2E9
Téléphone : 819-622-1313
Télécopieur : 819-622-1333
www.zailees.com

DISTRIBUTION
MESSAGERIES DE PRESSE BENJAMIN INC.
101, Henry-Bessemer
Bois-des-Filion (Québec)
J6Z 4S9
Téléphone : 1-800-361-7379

Illustrations : Jessie Chrétien
Maquette de la couverture et infographie : Le Reflet I.D. Grafik
Texte : Pierre Labrie
Photo de l'auteur : Marie-Claude Carpentier, 2010

Impression : Mars 2010

Dépôt légal : 2010
Bibliothèque nationale du Québec
Bibliothèque nationale du Canada

ISBN : 978-2-923574-79-0

Imprimé sur papier recyclé. ♻

Les Éditions Z'ailées remercient la SODEC
pour l'aide accordée à leur programme
de publication.

SODEC
Québec

Pierre Labrie

Au pays des mouches
Tome 2

ÉDITIONS AILÉES

À Jimmy P.

# 1

## Prologue et parapsychique

Cloé Mistral sort de la maison, les yeux presque fermés et en s'étirant les bras. Elle reste fixée au sol et respire l'air à pleins poumons. Un soleil d'été splendide frappe le petit toit au-dessus de la galerie. Il fait terriblement chaud. C'est le genre de journée où il vaut mieux chercher l'ombre.

Antoine, le grand-père de Clo, est originaire de l'Abitibi, une région du Québec appelée par plusieurs, à la blague, le pays des mouches. Il habite toujours cette contrée qu'il adore, mais seul depuis que sa femme Danièle est décédée il y a quelques années déjà. C'est d'ailleurs sur la galerie avant de la maison de grand-père Antoine que Clo et son inséparable ami se retrouvent ce matin.

Effectivement, Renard sort à son tour, en imitant, sans le savoir, sa bonne amie, mais avec une variante. En fait, il s'accroche les pieds dans le bas de la porte. Clo, avec le sourire, s'adresse à son ami en reconnaissant le bruit de la maladresse :

– Salutations, Renard!

– Allôôôô! répond-il en bâillant de tout son corps et en tentant de reprendre son équilibre. Comment as-tu fait pour savoir que c'est moi?

– D'après toi?

– Tu as un don! réplique Renard avec le sourire.

– Oui, oui. C'est ça.

Clo est souriante. Elle se sent bien ce matin en compagnie de son ami.

– C'est vraiment tranquille ici, tu ne trouves pas? interroge Clo.

– Oui, on entend à la fois le calme et les mouches voler.

– Nous ne parlons pas de bestioles, OK?

– En fait, les mouches…

– Renard! dit Clo, exaspérée.

– Qu'est-ce que nous faisons, alors, aujourd'hui?

Clo, en continuant de s'étirer, hoche la tête pour exprimer à Renard qu'elle n'en a aucune idée. Ce dernier ne voit pas la réponse non verbale de son amie, trop occupé à tenter de s'ouvrir les yeux.

– Eh, les jeunes! Si nous allions à la pêche tous les trois? lance grand-père Antoine en sortant pour rejoindre les deux amis.

– Ouiiiiiiiiiiiiii! hurle de joie Renard, en ouvrant les yeux d'un seul coup. Est-ce que je peux apporter mon manuel des plantes que le Hibou m'a prêté? Hier, j'ai vu des spécimens assez intéressants.

– Le Hibou? demande grand-père Antoine.

– C'est le surnom que donne Renard à monsieur Michel, le propriétaire de la librairie à Mont-Joli, explique Clo.

– Hibou et Goupil… beau duo! exprime grand-père. Héhéhéhéhéhé…

– Alors, je peux l'apporter?

– Comme tu veux, répond avec le sourire grand-père Antoine.

– Nous pouvons emmener Marmotte avec nous? demande Clo.

– Marmotte? C'est qui Marmotte? questionne Renard.

– Le chat noir que tu as flatté

pendant une heure ce matin, Renard, répond Clo.

– Tu parles d'un drôle de nom pour un chat! Marmotte?

– Tu as raison, Goupil, héhéhéhéhé… Oui, tu peux aller la chercher, je l'ai vu traîner dans le salon avant de sortir… De toute façon, ma vieille Marmotte est reine et maîtresse des lieux et des champs, alors elle suit toujours, qu'on le veuille ou non…

– Grand-papa, pourquoi tu appelles mon ami « Goupil »?

– C'est une blague! Votre histoire de Hibou, Renard et Marmotte m'a fait penser au *Roman de Renart*… Renart avec un *t* et non un *d*…

– C'est quoi ça?

– Le *Roman de Renart* est un recueil de récits médiévaux français des XII$^e$ et XIII$^e$ siècles qui a pour héros des animaux agissant comme des humains… Héhéhéhéhéhé… Je me trouve très drôle et en forme ce matin… Héhéhé… J'ai le goût de taquiner.

– Et le rapport avec Goupil?

– Goupil est le terme qui désignait, au Moyen Âge, l'animal qu'est le renard, avant que cette dernière appellation devienne la plus utilisée. Aujourd'hui, l'utilisation du terme goupil pour parler de l'animal est démodée, même si le mot figure encore dans le dictionnaire… C'est en particulier parce que le goupil

dans les récits du *Roman de Renart*
se nommait Renart qui a fait qu'on
utilise ce mot de nos jours...

– *Cool!*

– J'ai hâte de revenir à la maison
pour faire une recherche sur le
*Roman de Renart*... avec un *t... t*
comme tanière! exprime Renard.

– Oui, nous avons seulement
internet très basse vitesse par
téléphone, ici, dans le rang! J'ai fini
par me fatiguer et j'ai débranché tout
ça. Quand j'ai besoin d'avoir accès,
je vais à la bibliothèque du village!

– Je ne sais pas comment vous
faites! Moi, j'ai toujours besoin
d'internet pour chercher tout plein
de choses...

– On apprend à vivre avec la tranquillité, cher Goupil!

– Ah oui! s'exclame Clo. La tranquillité, j'en avais vraiment besoin. C'est calme chez toi, grand-papa!

Après que la régie se soit effondrée entièrement en tombant sur les sièges arrière de l'auditorium, plusieurs choses ont changé. Le directeur et le professeur Jacques sont accourus pour sauver les enfants, mais tout était sous contrôle. Renard et Clo étaient sains et saufs. En fait, les deux amis ont été légèrement blessés par leur atterrissage forcé au sol, mais rien de trop grave.

Les experts envoyés par la commission scolaire ont conclu que la structure de cette partie de l'école était vieille et que c'est pour cette raison qu'elle s'est effondrée. Les parents qui voulaient l'expulsion de Clo n'étaient pas d'accord avec cette décision. Une enquête conjointe de la police, des pompiers et de la commission scolaire a donc été menée. Toutes les avenues ont été étudiées, ou presque, et c'est finalement l'aide d'exterminateurs qui apporta un certain consensus.

Toutefois, les experts de la commission scolaire et les exterminateurs ne s'entendent pas, encore aujourd'hui, sur tous les détails de l'affaire. Ils ne sont pas arrivés à faire de liens entre la grande quantité de mites trouvées à l'école et les événements survenus. La compagnie d'extermination, Extermine-Atout, a reçu de nombreux appels afin d'aller vérifier la présence de bestioles un peu partout dans la ville. Les exterminateurs ont révélé en avoir aussi trouvé en quantité extraordinaire dans le secteur de la ville où des arbres se sont effondrés.

Le phénomène exact à l'origine de ces événements reste encore et toujours très obscur. Mais pour la plupart des habitants de Mont-Joli, les coupables ont été trouvés, c'est-à-dire les mites et les problèmes des fondations de l'école. Le calme est ainsi revenu dans la petite ville de La Mitis et tout semble rentrer dans l'ordre.

Les parents contestataires ont fini par conclure qu'il s'agissait d'une histoire de bestioles. Ils se sont excusés auprès des parents de Renard et de Clo. Ils ont aussi retiré leurs plaintes et leurs pétitions à l'école et à la commission scolaire. Les parents de Clo et la mère de Renard ont abandonné, par le fait même – question d'acheter la paix – l'idée de poursuivre certaines personnes. Il faut dire que c'est en grande partie à cause de la réunion spéciale dans l'auditorium que les deux amis se sont retrouvés victimes de l'effondrement. Certains parents ont demandé à leurs enfants de s'excuser auprès de Renard et de Clo et d'autres ont fait des excuses publiques dans le journal de la place.

Bien sûr, à ce jour, seuls les

deux amis savent réellement ce qui s'est passé. Mais ils ne comprennent pas pour autant le pourquoi et le comment.

On a ensuite décidé de ne pas reconstruire l'auditorium, mais de faire un gymnase beaucoup plus grand que celui déjà existant, avec des murs en béton. La direction de l'école a expliqué aux parents et aux élèves que les spectacles auraient dorénavant lieu à cet endroit.

Chaque année, à l'été, Clo va en vacances avec ses parents chez son grand-père de l'Abitibi. Mais cette fois-ci, elle n'y est pas venue avec ses parents. C'est avec son ami Renard qu'elle est arrivée chez son grand-père Antoine. Ses parents ont décidé de rester à Mont-Joli afin de finir de régler la fameuse histoire abracadabrante. Ils avaient aussi envie de faire passer à leur fille un bel été loin de toute la turbulence de l'année scolaire. La mère de Renard a trouvé que c'était une très bonne idée que son fils parte aussi se changer les idées au loin.

En fait, c'est Renard qui, ne voulant pas rester seul à Mont-Joli, a demandé à Clo de la suivre. Sa meilleure amie a obtenu la permission de ses parents. Ils ont bien sûr accepté. Aussitôt l'année terminée, et avec l'accord de la mère de Renard, ce dernier et Clo sont partis pour l'Abitibi.

Lors des premiers jours à la campagne, ils ont discuté des événements en se demandant comment Clo pouvait bien causer ou subir tout cela. Comme ils ont bénéficié de quelques jours de convalescence à la fin de l'année scolaire et qu'ils ont été exemptés de certains examens de fin d'année, ils ont eu le temps de se documenter – surtout Renard, bien sûr. Même si Clo s'est trouvé un intérêt soudain pour les bibittes, comme elle dit, c'est quand même Renard qui a fait la majorité des recherches. Puis, comme les mites et les bestioles étaient devenues le sujet de l'heure dans la petite ville, la librairie avait commandé plusieurs ouvrages sur le sujet. Renard a été en consulter plusieurs sur place, avec la permission de son ami le Hibou.

Il y a déjà deux semaines que Clo et Renard passaient tout leur temps avec grand-père Antoine. Ils travaillent dans le jardin, vont pêcher dans le petit ruisseau juste à côté de la maison. Les deux amis commencent à trouver que ça manque d'action, eux qui ont vécu bien des aventures avant la fin de l'année scolaire. Ce n'est pas qu'ils n'aiment pas le calme, mais il y a quand même des limites. En plus, comme Renard le coureur rate le début de l'entraînement pour les compétitions d'été, il ressent grandement le besoin de courir et de garder la forme.

Dans la dernière année, il courait déjà avec les élèves de secondaire un, car il était trop rapide pour la catégorie sixième année. Par contre, sa mère ne voulait – et ne veut toujours pas –  qu'il fasse de compétitions pendant l'année scolaire.

Clo et son ami racontent à grand-père Antoine que Renard est en train de manquer un début de saison, et qu'il a donc besoin de se dégourdir les jambes, ce qui leur donne un alibi pour aller faire les fouines dans les alentours.

– Oui, vous pouvez aller vous promener sur mes terres, mais n'allez pas dans le bois sans moi… OK?

– Oui, oui.

Mais ce matin, les deux amis n'ont pas vraiment le goût de rester sur les terres familiales, ils les ont suffisamment arpentées avec grand-père. Pour ne pas éveiller de soupçons, ils partent tout souriants et en envoyant la main.

Aussitôt qu'ils sont hors de vue de la maison, ils discutent de ce qu'ils vont faire, finalement. Après quelques minutes de négociations, ils s'entendent. Clo, étant convaincue que la route du rang se rend jusqu'en Ontario, décide d'entreprendre une expédition afin d'aller vérifier ses dires. Renard affirme pourtant que, selon lui, c'est impossible. Il explique que le rang est, d'un, pas assez long pour s'y rendre et de deux, pas dans la bonne direction. Clo tient à vérifier sa supposition. Renard accepte. Les deux amis font un pari et prennent la route à grands pas.

Pendant leur balade dans le rang, ils discutent du pendentif, de ce qu'ils ont vécu avec les mites, des effondrements et de ce qu'ils nomment maintenant le « paranormal ».

– Clo, je n'ai pas vu le pendentif de ta grand-mère de tout le voyage. L'as-tu laissé à Mont-Joli?

– Il est dans mes bagages. Pourquoi tu me demandes ça?

– Clo, avec ce que nous avons lu, tu dois apprendre à contrôler les mites ou te débarrasser du pendentif!

– Jamais je ne m'en séparerai. Il appartenait à ma grand-mère, Renard!

– Mais s'il n'apporte que des choses méphistophéliques? Nous n'avons encore peut-être rien vu!

– Méfito quoi?

– Méphistophélique. Ça veut dire diabolique! C'est juste que je trouve ça plus beau comme mot, explique Renard, un peu découragé.

– Tu as pris ça où?

– Méphistophélès est le nom du diable dans *Faust*, la pièce de théâtre de Goethe! Tu devrais savoir ça, toi qui joues au théâtre…

– Des fois, Renard, je me demande si tu ne viens pas d'une autre planète et si tu n'es pas finalement un genre de robot je-sais-tout qui aurait remplacé le vrai Maxime Fox Junior… Le vrai, lui, jouerait présentement au ballon ailleurs dans une autre galaxie… Et on dirait bien que je suis la seule à m'en rendre compte!

– Hahahahahaha… Tu es drôle, Clo! Tu me fais beaucoup rire!

– Renard, il ne s'est rien passé de « méfitoi » quelque chose…

– Méphistophélique…

– Il ne s'est rien passé de « tu sais quoi » avec le pendentif depuis l'auditorium. Peut-être qu'il ne fonctionne plus. Je veux dire que… peut-être que le pouvoir s'est en allé! Peut-être que ce n'était rien de tout ce que nous pensons aussi.

– Sincèrement, Clo, je pense plutôt que les mites ont trouvé leur maître et que dorénavant, elles obéiront seulement à tes ordres. C'est pour ça que tu dois apprendre!

– Tu crois?

– Bien, oui, pourquoi pas?

– Et dis-moi, comment on fait?

– Eeeeuuuuhhh… On va trouver, tu vas voir!

– Comment fais-tu pour avoir l'air aussi sûr de toi, Renard?

– Je ne sais pas… Je le sens comme ça, c'est tout!

Les deux compagnons de marche font près d'un kilomètre sans parler. Renard brise le silence en premier, ce qui n'est pas une surprise.

– Dans ce que j'ai lu, ça disait que les soldats mites obéissaient à la sagesse et que la princesse des mites est une personne très sage…

– Renard! J'ai onze ans!

– Oui, je sais!

– Si mon père passe son temps à dire : « Soyez sages là, les enfants! », c'est sûrement parce que je ne le suis pas trop! Tu ne penses pas?

– En tout cas, tu es la seule personne de onze ans que je connaisse qui avait pour meilleure amie une personne adulte.

– C'était ma grand-mère, Renard! Et toi, tu es bien ami avec le Hibou…

– C'est vrai, je n'y avais pas pensé.

Tout le long de leur expédition, Renard s'arrête pour cueillir des bouts de plantes et prendre des notes dans son calepin. Le silence est encore présent pendant de nombreux pas, mais c'est Clo qui reprend la parole cette fois.

– Je suis dangereuse, Renard, j'aurais pu te blesser lorsque tu m'as surprise dans la régie… J'ai eu peur et les mites t'ont poussé par terre…

– Ne dis pas ça! Tu n'es pas dangereuse! Ce n'est pas ta faute!

– C'est pour ça que je ne le porte plus, le pendentif, si tu veux savoir. Je ne veux plus faire de mal.

Elle raconte à son meilleur ami que si la régie s'est écroulée à cause d'elle, alors c'est peut-être aussi de sa faute si le deuxième étage de leur maison à Rimouski s'est effondré. Elle était très triste aux funérailles et maudissait les lieux où sa grand-mère était morte. Clo maudissait d'autant plus l'étage d'en haut parce qu'elle était en bas, tranquille, lors du décès. Elle aurait aimé être tout près de sa grand-mère, elle l'aurait peut-être entendu s'étouffer. Ce devait être à ce moment précis que le deuxième étage s'était envolé. Elle se sentait coupable de la mort de sa grand-mère et se sent maintenant coupable de l'effondrement d'une partie de la maison.

– Je vais le dire comment à mes parents? « Allô, j'ai détruit une partie de l'école et j'ai sûrement même démoli notre maison de Rimouski »…

Facile d'abord!

– Tu n'es pas obligée de leur dire.

– Tu le sais que je ne suis pas une bonne menteuse. Un moment donné, ça va sortir tout seul!

– Ça sortira, alors…

# 2

## Thomas

À leur arrivée au bout du rang, les deux amis n'ont croisé que quatre maisons. Ils voient que la route se termine par une énorme barrière. C'est un cul-de-sac. Pas de douanes ni de grand panneau indiquant *Bienvenue en Ontario*. Pas de devise *Ut incepit fidelis sic permanet* qui veut dire en français « Fidèle elle commença, fidèle elle restera ». Ici, c'est plutôt « Fidèle la route se termina, fidèle la barrière fermée le restera » qu'on pourrait y lire. Renard avait raison : le rang ne se rend pas jusqu'en Ontario. Clo a définitivement perdu. Renard se proclame grand vainqueur et rappelle à son amie qu'ils ont parié.

Soudainement, Clo est attirée par quelque chose au loin.

À gauche, dans une petite clairière, ils voient un jeune qui semble être de leur âge. Il regarde vers la forêt avec des jumelles.

– Je ne sais pas qui il est et ce qu'il fait, mais il est, disons, beau…

– Nous sommes bien trop loin! Il est peut-être très laid, tu sais! En tout cas, il est louche, je trouve.

– Renard!

– Puis, ça fait quoi qu'il soit beau?

– Je disais ça juste comme ça! Pas rapport!

Renard et Clo observent l'inconnu un moment en se cachant en partie derrière un arbre près de la barrière. Lorsque les deux s'aperçoivent que le garçon les a repérés, ils prennent la fuite pour revenir à la maison.

– Il est vraiment louche, je trouve!

– Renard, franchement, toi aussi tu passes ton temps à observer plein de trucs! Est-ce qu'on te trouve bizarre pour ça?

– Pourquoi on se sauve en courant, d'abord?

En arrivant à la maison, les deux amis sont affamés à cause de leur longue randonnée. Le grand-père de Clo prépare le souper plus tôt qu'à l'habitude parce qu'ils n'ont pas dîné, ayant mangé beaucoup au déjeuner. Même avec les collations que grand-père leur a laissées, en guise de dîner pour l'expédition, ils ont terriblement faim. Renard mange comme s'il n'avait rien avalé depuis des jours. Il remercie grand-père Antoine et demande ensuite la permission d'aller se promener pas trop loin, question de bien digérer.

Après avoir fait la vaisselle, parce que Clo veut en savoir plus sur le mystérieux garçon, elle profite de l'absence de Renard pour demander à son grand-père ce qu'il connaît de lui. Elle sait qu'elle a le temps de poser des questions avant que son ami ne revienne. Elle se doute bien qu'il n'est pas allé prendre une marche de santé, mais qu'il est plutôt parti espionner le vent et capturer des grenouilles près du ruisseau qui passe juste à côté. Renard lui a dit, au retour de la longue marche au bout du rang, qu'il avait l'intention d'aller explorer les abords du ruisseau plus près de la forêt.

– Grand-père, qui est le jeune garçon qui habite la maison grise presque au bout du rang?

– Vous êtes allés fouiner jusque-là, Goupil et toi? Il me semblait aussi que vous étiez partis trop longtemps pour n'avoir qu'arpenté mon terrain, aujourd'hui…

– En fait, c'est Renard qui…

– Cloé, ma belle, je te connais, tu sais.

– Bon, OK, Renard et moi voulions voir jusqu'où allait le rang. J'avais parié avec lui qu'il se rendait jusqu'en Ontario. Et j'ai perdu!

– En Ontario? Héhéhéhéhéhé… Tu as perdu gros?

– À mon retour à Mont-Joli, je devrai faire une lecture publique de *La princesse aux petits pois*…

– Le conte danois de Hans Christian Andersen? Une lecture publique?

– Oui, je devrai lire le livre devant Renard, sa sœur Camille, Ludovic P. et Laurence P.

– Et pourquoi ce conte?

– Je ne sais pas. Je n'essaie pas toujours de comprendre Renard.

– J'espère que tu n'auras pas à le lire en danois! Héhéhéhéhé…

– Ce sera gênant, en tout cas.

– Tu ne fais pas du théâtre, toi?

– Oui, mais là, ce ne sera pas pareil. Ce sera Cloé Mistral qui se donnera en spectacle et non un personnage.

– Et si tu avais gagné? Qu'aurait dû faire ton ami Goupil?

– La même chose, sauf que, lui, il aurait été content de le faire.

– Il faudra apprendre à mieux parier, ma belle Cloé! Ou à ne pas parier, ce qui est préférable. Tu devrais savoir que ton ami est presque une encyclopédie vivante et qu'il a sûrement consulté des cartes bien avant de venir ici. Héhéhéhéhé…

— Je sais! Mais là, ce n'est pas de ça dont je voulais parler en premier, grand-père.

— Ah oui, le jeune Thomas!

— Il s'appelle Thomas pour vrai?

— Oui… Tu en doutes?

— Bien, comme tu appelles Renard « Goupil », alors que son vrai prénom est Maxime, je me suis dit que…

— Hahahahaha… Non, non, son nom est vraiment Thomas! Thomas Leclerc, plus précisément.

– Il a grandi ici?

– Non, il habite chez sa tante depuis que ses parents sont décédés au début de l'an dernier dans un accident de voiture. Une bien triste histoire.

– Pauvre lui.

– Oui, ma belle, pauvre garçon! Perdre ses deux parents d'un seul coup et quitter les États-Unis pour venir vivre avec sa vieille tante en Abitibi, c'est bien cruel!

– Quoi, c'est *cool* l'Abitibi! Bon, je ne suis jamais allée aux États-Unis. Renard oui, par contre, il a accompagné son père en tournée, il y a deux étés.

– Ce que je veux dire, c'est que

la tante en question a mon âge car elle est en fait la tante de la mère de Thomas. Aussi, elle est malade, alors ce n'est pas avec elle que le jeune Thomas peut faire bien des activités. Puis, il est le seul enfant du rang.

– Parce qu'elle est vieille et malade? Quoi, c'est le *fun* être avec toi! On fait tout plein de trucs! Et je m'amusais beaucoup avec grand-mère Marie-Ange.

– Bah, tu as raison, ma belle Cloé. Je fais bougon quand je dis des choses pareilles.

– Mais qu'est-ce qu'il fait de tout son temps ici, s'il ne fait pas d'activités avec sa tante?

– Je crois qu'il a appris à aimer la nature. Je le vois souvent dans mes champs et pêcher le long du ruisseau. Mais ce n'est pas un bavard. À mes questions, la plupart du temps, il ne répond que par oui ou par non. Ce n'est pas comme ton Goupil qui a toujours quelque chose à dire. Héhéhéhé… Malgré que lui aussi aime bien la nature!

Pendant ce temps-là, justement, Renard s'intéresse à une colonie de grenouilles qu'il a découverte en longeant le ruisseau passant près de la maison. Ne connaissant pas les alentours, il sait qu'en suivant le cours d'eau il ne peut pas se perdre. Armé de son carnet, d'un crayon de plomb, d'une loupe et d'une boussole, au cas où, il observe de près les intrigantes grenouilles. Renard a un livre à la maison sur les grenouilles, mais n'a jamais eu l'occasion d'en observer autant et d'espèces différentes. Il rigole aussi, car il a l'impression que leur cri ressemble à celui du canard. Bien sûr, il arrive à les imaginer avec un bec de canard et des ailes, ce qui le fait rire encore plus.

Dans le groupe, une grenouille retient son attention plus que les autres. Mais en regardant l'heure sur sa montre, Renard voit qu'il est temps de rentrer. Ce qu'il fait à toute vitesse.

Pendant que Renard court le long du ruisseau et qu'il se rapproche de plus en plus de la maison, Clo et son grand-père continuent de parler de Thomas.

Clo explique que Renard et elle

ne lui ont pas parlé, en particulier parce que son ami trouvait Thomas étrange et louche. En fait, ils l'ont seulement regardé de loin et sont rentrés à la maison pour souper.

– Moi, je ne le trouve pas si étrange que ça!

– Notre Goupil serait-il jaloux? Héhéhéhé…

– Je…

Clo arrête de parler de Thomas aussitôt qu'elle voit apparaître Renard devant la maison.

– Puis, cher Goupil, tu as fait de belles trouvailles? demande grand-père Antoine.

– Les grenouilles sont immenses ici! C'est gravement étrange!

– Gravement? Héhéhéhé…

– Ah oui, certain! répond Renard.

– Elles ont pas mal de mouches
à manger, ici, en tout cas…
héhéhéhéhé… ajoute le grand-
père.

– Aussitôt rentré chez moi, je
vais vérifier, mais je crois que cette
sorte de grenouille ne devrait pas
pouvoir devenir si grosse. Maximum
huit centimètres. Et celles que j'ai
vues faisaient le double!

– Il y en a plusieurs sortes par ici,
clarifie le grand-père.

– Non, j'ai reconnu la ligne claire
sur le dos. Ce sont des grenouilles
des bois! Et au Québec, cette espèce

est la seule à posséder à la fois un masque et une crête dorso-latérale!

– Un masque? Tu es certain de ne pas l'avoir confondu avec un raton laveur un peu sautillant? Héhéhéhéhé… lance grand-père Antoine, fier de sa plaisanterie.

– Mais non! Sans blague, elles sont vraiment affreuses. Affreusement grosses! réplique Renard.

– Habituellement, ce sont les mouches qui font fuir les gens par leur trop grand nombre et non les grenouilles par leur grosseur! Héhéhéhéhé… Ici, autour de la maison, il n'y en a pas trop. C'est dans les bois le pire. C'est vrai, hein, ma belle Cloé? Quand tu viens passer tes vacances ici, il n'y pas beaucoup de mouches à cette période?

– C'est vrai, il n'y a pas beaucoup de mouches autour de la maison, répond Clo.

– Avais-tu d'autres questions? demande le grand-père en regardant sa petite-fille.

– Euuuuh… non, non…

Clo paraît embarrassée par la question de son grand-père. Mais Renard, absorbé par les notes qu'il a prises dans son calepin, ne remarque rien. Clo fait de grands signes de tête à son grand-père. Ayant compris le non verbal de sa petite-fille, il sourit et ne pose finalement pas d'autres questions.

Renard entre dans la maison

pour se laver les mains et ranger ses instruments de chercheur dans sa chambre. Pendant ce temps, grand-père Antoine propose quelques activités pour la soirée et c'est le visionnement d'un film qui l'emporte.

– Tu es certaine que Goupil acceptera? Nous pouvons l'attendre.

– Je suis certaine qu'il va dire oui, il a vécu beaucoup d'émotions aujourd'hui! répond Clo avec un grand sourire.

– Ah oui, les grosses grenouilles douteuses! Héhéhéhé… Il a beaucoup d'imagination!

# 3

## Rencontre d'un certain type

Encore une belle journée chaude où Renard et Clo se lèvent très tôt pour en profiter. Tout de suite après le déjeuner, les deux amis décident de retourner au bout du rang pour faire la connaissance du mystérieux Thomas. Il faut dire que Clo encourage grandement cette rencontre, alors que Renard dit préférer retourner voir pourquoi les grenouilles sont si grosses dans le coin. Il décide de suivre son amie, à la condition qu'elle écoute sa théorie sur les grenouilles obèses. Elle accepte.

Cette fois, ils font leur promenade au pas de course et à la marche rapide, car ils ont un but précis. En arrivant devant la maison grise de Thomas, ils voient celui-ci se diriger à toute vitesse dans les bois.

– S'il n'était pas louche, il ne se serait pas enfui, non?

– Renard, il ne nous a pas vus arriver, voyons! Il a le droit de courir!

– Peut-être…

Après consensus, ils décident de suivre l'étrange garçon dans le bois de loin, malgré l'interdiction du grand-père. Ils marchent plusieurs minutes. Thomas s'éloigne de plus en plus, mais Renard ne veut pas se faire voir, alors Clo et lui gardent une bonne distance. Après quelques minutes, ayant perdu Thomas de vue, ils décident d'augmenter la cadence.

Tout à coup, ils se retrouvent face à face avec lui. Thomas les fixe de ses yeux terriblement noirs. Clo lâche un cri de peur et Renard s'élance devant elle en allongeant les bras comme pour la protéger.

– Que faites-vous là? Partez! Vite!

Au moment même où Thomas prononce ces paroles, un nuage noir et bourdonnant fonce à travers les bois dans la direction des trois jeunes. Renard prend Clo par la main et l'invite à la fuite. Heureusement, être la meilleure amie de Renard est un gros plus quand il faut fuir. À la longue, à force de se tenir avec lui, on devient bon coureur.

Une horde de mouches noires foncent sur les deux amis. Ils fuient aussi rapidement qu'ils le peuvent. Ils battent des bras dans tous les sens pour tenter de se débarrasser de celles qui arrivent à les rattraper.

– Où est Thomas, Renard?

– Je ne sais pas. Cours, Clo, cours!

– Mais où est-il?

– Ne t'occupe pas de lui, il faut se sauver!

Les deux amis arrivent à sortir de la forêt. À ce moment, les mouches rebroussent chemin.

– On est sortis du bois à temps! Fiouuuuu… On les a finalement semées, dit Clo.

– Il les a rappelées à lui. On ne les a pas semées!

– Qu'est-ce que tu dis?

– Le fameux Thomas pas louche, je suis certain qu'il commande les mouches!

– Ridicule!

– Pourquoi ce serait ridicule? Tu commandes bien les soldats mites, oui ou non?

– Mais… Renard…

– Ouvre les yeux, Clo! On dirait qu'il t'a envoûté avec ses yeux noirs et son regard méphistophélique! Il doit avoir des super pouvoirs.

– Renard!

– Tu te souviens de ce qu'il a dit lorsqu'on est tombés sur lui? demande Renard. Tu te souviens?

– Quoi? Quoi?

– Il a hurlé : « Que faites-vous là? Vite, vite, partez, vite ! » ou quelque chose du genre, lance Renard d'un air suspicieux.

– Tu ne crois pas que c'était pour nous inviter à fuir? Pour nous aider? réplique Clo, découragée de ce que son ami avance comme théorie.

– Non!

– Et qu'est-ce qui te rend si certain?

– Je le sais, c'est tout…

– Renard, tu commences à m'agacer avec tes certitudes! Tu n'as jamais de réponses logiques à tes certitudes, en plus.

Le retour est long car les deux amis sont fatigués. Ils arrêtent souvent et s'obstinent constamment. Rendus à la maison, ils se plaignent de brûlures à cause des piqûres. Renard est même certain qu'une des mouches affamées est partie avec un morceau de son dos. Il lève son chandail pour que Clo regarde.

À son tour, Clo inspecte son corps et remarque qu'elle n'a aucune piqûre. C'est sûrement parce que

Renard en a parlé tout le long du retour qu'elle a fini par ressentir des brûlures. Comme lorsque quelqu'un raconte une histoire de fourmis qui envahit le sous-sol, on se met à se gratter. Enfin, Renard montre le carnage à grand-père Antoine.

– Vous avez passé tout l'avant-midi dans le fond du bois ou quoi?

– Non, seulement quelques minutes. En fait, je ne sais plus trop, grand-père. Mais on est restés juste sur le bord. On voyait encore le chemin, répond Clo embarrassée.

– La prochaine fois, mettez-vous du chasse-moustiques!

– OK, promis! réplique Clo.

– Ce ne sont pas des mouches

qu'on a maintenant, mais des véritables monstres! lance le grand-père, surpris quand même de voir à quel point Renard s'est fait piquer.

— Pour vrai? questionne Clo.

— Bien non, ma belle, c'est une métaphore…

— Vous croyez aux monstres, vous? demande Renard à grand-père Antoine.

— Renard, franchement! réplique rapidement Clo.

— Hahahahahahaha… Quand j'avais votre âge, cher Goupil, et beaucoup plus d'imagination, oui j'y croyais!

— Moi, je…

– Non, ne te gratte pas, même si je sais que tu es tenté de le faire, conseille le grand-père. Je reviens, je vais chercher de l'aloès.

– Ah oui, j'ai lu dans un livre que…

Pendant que Renard fait un exposé sur les vertus de l'aloès à son amie, Clo allume la télévision. Grand-père Antoine revient avec la dite plante et l'applique sur les piqûres.

– Tiens, garde ça avec toi et mets-en quand ça pique.

– Merci!

– Je vous laisse devant la télé, le temps que je prépare le dîner.

En effet, Renard a remarqué, à

travers les excès de douleur, que ça sent bon dans la maison. Il ne sait pas ce que grand-père Antoine prépare, mais si le mets préparé goûte aussi bon que l'odeur qui s'en dégage, ce sera un régal. En chuchotant, Renard reprend la discussion là où Clo et lui l'ont laissée avant d'entrer dans la maison.

– Je ne te l'ai jamais dit, Clo, mais quand la classe de musique s'est effondrée, je n'écoutais plus, j'étais dans ma tête à penser à mon père… J'ai senti que quelque chose allait arriver et j'ai tellement eu peur que j'ai fermé les yeux et je ne les ai rouverts que lorsque le prof nous à crier de sortir. Je n'en ai jamais parlé parce que c'était bizarre. C'était comme si je le savais que ça allait arriver… et comment ça allait se passer, même si je n'avais jamais assisté aux autres événements...

– Et pourquoi tu me le racontes maintenant? demande Clo.

– C'est que... j'ai l'impression que Thomas va nous attirer des malheurs.

– Renard, franchement! Il est super gentil. Spécial, mais gentil. Il nous a avertis de l'attaque.

– Mais...

– Non, on a dit tantôt que c'était ça! Qu'il avait été gentil de nous prévenir!

– N'empêche que tout ça me fait peur.

– Mais Thomas n'y est pour rien.

– Tu dois avoir raison. C'est probablement la forêt qui me fait peur...

Grand-père Antoine arrive sur la fin de cette dernière phrase. N'ayant rien entendu de ce qui a précédé, il se permet de faire une mauvaise blague. En fait, il s'agit d'une taquinerie et il ignore qu'il vient de faire, au sens propre, une mauvaise blague.

– Un Renard qui a peur de la forêt? C'est étrange, tu ne trouves pas, mon cher Goupil?

# 4

## Renard, où es-tu?

Renard décide de partir tôt le lendemain matin à la recherche de preuves de ce qu'il avance comme suppositions. Pour lui, Clo semble envoûtée par Thomas. Serait-il un genre de sorcier avec des pouvoirs diaboliques? Ou pire, le prince des mouches? Un jeune démon qui effraie les gens qui s'aventurent dans les bois de l'Abitibi? Même si Renard ne le dit pas, c'est ce qu'il croit fermement.

Bien sûr, Clo et son grand-père pensent qu'il est parti analyser la faune et la flore, à la recherche de réponses scientifiques à ses questions sur l'obésité des grenouilles du coin.

– À l'automne, ce sera le secondaire. As-tu hâte, ma belle Cloé?

– Je ne sais pas… Renard a hâte, mais moi, je ne le sais pas encore. Ce sera une nouvelle école, en plus.

Voyant que sa petite-fille ne tient pas nécessairement à en parler, il ne poursuit pas sur sa lancée. Après un long silence, les deux fixant le téléviseur, Clo décide de poser des questions sur sa grand-mère Danièle. Grand-père Antoine lui raconte plein d'histoires heureuses et lui dit combien elle lui manque. Même si elle aime entendre parler de sa grand-mère, tout cela la rend triste. Clo ressent cette marque de la tristesse s'emparer de tout son corps. Dehors, le soleil commence à disparaître et le ciel gronde sourdement.

– Le ciel se couvre, on dirait! Pourtant, on n'annonce pas d'orage. Et puis, notre Goupil n'est pas encore rentré et ça commence à m'inquiéter…

– Il est sûrement fixé avec sa loupe sur la même grenouille depuis une heure!

– J'espère qu'il n'est pas au soleil.

– Pourquoi?

– Parce que si ça fait une heure, il a dû la faire griller, sa grenouille! héhéhéhéhé… Allez, viens ma belle Cloé, on va aller chercher ton ami le scientifique. Il ne doit pas être bien loin. Il a promis de ne pas s'éloigner, en tout cas. Il tient ses promesses, notre Goupil?

– Oui, toujours…

Clo se lance dehors, oubliant même la discussion qu'ils avaient et ne pense qu'à rejoindre Renard. Le temps de prendre chapeau et bâton de marche, grand-père Antoine sort dehors. Il regarde le ciel.

– Ben non, pourtant il fait bien beau! J'étais pourtant certain d'avoir vu s'installer de gros nuages au loin tantôt!

Ils partent donc à la recherche de Renard dans le bois, en longeant le cours d'eau que ce dernier a rebaptisé « le petit ruisseau de la grosse grenouille ». Connaissant sa nouvelle passion, soit la découverte de grenouilles de plus en plus dodues, grand-père Antoine commence à se demander jusqu'où il a bien pu aller. Et si le petit Goupil avait marché sans s'arrêter et s'était perdu en atteignant le « rang fermé »? Il s'agit du rang que les gens du coin appellent de cette façon parce qu'il n'y a plus de vie. On y retrouve seulement des maisons inhabitées, des bâtiments en ruine et une végétation qui a repris le dessus.

Clo et son grand-père pressent

le pas en suivant le cours d'eau. Mais bien avant d'atteindre le « rang fermé », Clo aperçoit son ami dans une petite éclaircie.

– Regarde grand-père! C'est Goupil… Euuuuhhh, c'est Renard là-bas!

– Maxime, mon petit, s'écrie le grand-père. Ça va bien?

– C'est vous? Je me suis comme évanoui, je pense. exprime Renard l'air confus.

– Tu as pris un bon coup de soleil sur la tête, mon petit Goupil. Il ne faut pas sortir au gros soleil sans ta casquette! Il n'y a pas nécessairement toujours de grandes branches pour te protéger le ciboulot.

– Ma casquette? J'en avais une…

– On la retrouvera bien! rassure le grand-père.

– Renard, c'est fou comment les mouches en ont profité pour te manger encore plus! affirme Clo, stupéfaite.

– Oui, ça chauffe beaucoup maintenant que tu le dis.

– Oh, regarde ton pouce jeune homme. s'exclame grand-père Antoine.

– Une petite coupure, je pense!

– Il faudra attendre jusqu'à la maison par contre. Je te donnerai une feuille d'aloès et te ferai un pansement, rajoute le grand-père.

– Justement, l'aloès permet, en plus de…

C'est reparti, le moulin à paroles nommé Renard se fait aller! C'est un signe que l'ami de Clo va bien. Il raconte ses histoires de grenouilles toutes aussi grosses les unes que les autres, mais ne se souvient pas vraiment du moment où il s'est évanoui.

– J'étais là, à observer la plus grosse grenouille jamais vue sur terre et je me suis senti étourdi. Ça piquait dans mon cou et je me suis évanoui.

– Bien oui, regarde juste là, grand-papa, dans son cou!

– Ooooohhh, elle ne t'a pas manqué celle-là, mon Goupil. Je crois qu'elle pourrait participer à un tournoi de dards. Et elle a récidivé plusieurs fois, à ce que je vois. Héhéhéhéhéhé…

– Grosses grenouilles, grosses mouches… lance Renard.

– Quoi? demande Clo.

– Je me comprends…

– Parlant de grenouilles, on n'en voit aucune ici! remarque le grand-père.

– Je ne me souviens pas m'être retrouvé à cet endroit, pourtant…

– Tu as bien dû te rendre jusqu'ici avec tes jambes, hein?

– Eeeeeuuuhhh, oui… répond Renard, embarrassé par la situation.

– L'important, c'est de t'avoir

retrouvé, indique le grand-père. Tu comprends, j'espère, que tu ne dois plus aller aussi loin sans moi? Sinon, je devrai vous interdire à Clo et à toi de sortir de la cour. Tout ce que je dis là est bien compris par les deux ici présents?

– Oui...

– Oui, grand-papa.

Bien sûr, grand-père Antoine n'est pas fâché. Mais cette petite mésaventure lui a fait peur et lui a fait réaliser qu'il doit garder sa petite fille et son ami un peu plus à l'œil.

– Bon, allez, on retourne à la maison! Et pour le restant de la journée, films et musique au programme. Assez de nature pour aujourd'hui.

# 5

## Deuxième rencontre d'un
## certain type

Après un après-midi écourté et une soirée de films et de musique, Renard et Clo sont fatigués et parlent d'aller se coucher. Avec ce qui est arrivé à son ami ce matin, Clo commence à croire ce dernier. Du moins, elle croit qu'il se passe quelque chose de suspect. Son ami Renard est un sportif très en forme. Comment peut-il s'être évanoui à cause d'une piqûre de mouche? Pourtant, l'autre jour, à part les brûlures occasionnées par les vilaines morsures, il est resté debout. Renard dit avoir observé une grenouille en particulier, alors que ni elle ni grand-père Antoine n'en ont vu à l'endroit où ils l'ont retrouvé. Ce qu'elle trouve étrange aussi, c'est que Renard affirme ne pas se souvenir de s'être rendu à cet endroit. Il a beau être lunatique, mais il y a des limites!

Renard est silencieux depuis le début de la soirée, ce qui rend la situation encore plus anormale aux yeux de Clo. En se brossant les dents, Renard parle de ses inquiétudes à son amie.

– Clo, je crois que si on doit retourner là-bas, bien, il te faut le pendentif.

– Tu as sûrement raison, Renard.

– Bon, va dormir maintenant…

– Bonne nuit!

Le matin, en déjeunant, les deux amis demandent à grand-père Antoine, en promettant de ne jamais quitter la route, s'ils peuvent aller voir Thomas en après-midi. Ils expliquent que, la dernière fois, ils n'ont pas pu lui parler car ils se sont fatigués des mouches avant d'arriver à la maison de Thomas. Renard, n'ayant pas retrouvé sa casquette, s'arme d'un chandail à capuchon et de chasse-moustiques. Ils partent vers la maison de Thomas après le dîner.

En arrivant près de la maison grise, les deux compagnons se demandent encore comment aborder le mystérieux garçon. Ils ne savent pas par quoi commencer. Alors que Clo veut surtout en apprendre plus sur lui et lui dire qu'elle sait pour ses parents, Renard a surtout envie de lui dire qu'il le soupçonne d'origines douteuses.

Cachés derrière un buisson, les deux amis espionnent la maison de Thomas. Ils voient arriver en trombe un véhicule noir qui se stationne devant la maison. Dans un nuage de poussière, deux hommes habillés en noir sortent de l'auto et vont cogner à la porte. Ils s'adressent à Thomas et à sa tante, sur la galerie. Renard et Clo aimeraient bien entendre ce qui est dit, mais ils sont trop loin. La tante semble mécontente de la discussion, elle fait de grands gestes dans les airs, comme si elle était fâchée de ce qu'elle entendait.

– Ils viennent sûrement de lui apprendre qu'elle abrite un démon des bois!

– Renard, franchement, ne commence pas!

– Tu ne me croiras donc jamais?

– Oui… mais… non… En tout cas… Regarde, ils s'en vont.

– Ils partent sans lui! lance Renard avec grand étonnement.

– S'il avait été un danger public, ils auraient sûrement voulu l'emmener avec eux. La vieille tante se serait opposée et il y aurait eu une bagarre ou je ne sais pas trop quoi! Tu ne penses pas?

– Pour l'instant, Clo, s'il n'a rien à se reprocher, pourquoi sort-il de la maison par-derrière et s'enfuie-t-il dans les bois?

– Euuuhhh... Je ne sais pas…

– Vite, il ne faut pas le perdre de vue! Je veux la vérité une fois pour toutes et rien de moins.

Le duo tente tant bien que mal de le rattraper. Mais Thomas a pris beaucoup d'avance. Ils avancent rapidement, mais sont très attentifs à tout mouvement ou bruit.

– Clo, écoute! Tu entends? Ça hulule!

– Et puis?

– Je dois avoir reçu le livre que j'ai commandé. *Cool!*

– Renard, franchement!

– Quoi? Tu aimerais mieux que je te dise que le hibou est habituellement un mauvais présage et que son cri est l'annonce d'un malheur ou d'une mort certaine?

– OK, on va dire que ton livre est arrivé!

– Je me disais aussi que…

– Chut! Regarde, il est là-bas, dit Clo à voix basse.

Thomas avance tranquillement, la tête penchée, en calculant chacun de ses pas, comme s'il traversait un champ de mines. Il agit comme un animal traqué, en s'arrêtant continuellement pour écouter et regarder autour de lui. Les deux se mettent donc à faire attention où ils posent les pieds à un point tel qu'ils manquent de perdre de vue l'énigmatique garçon.

Quelques minutes plus tard, les deux amis parviennent somme toute à rattraper Thomas. Celui-ci est assis sur roche à quelques mètres d'eux et pleure. Renard et Clo restent cachés derrière un arbre, ne sachant pas trop s'ils doivent se faire voir ou pas. Après quelques instants, Clo, n'arrivant plus à se retenir, se précipite vers le jeune garçon.

– Est-ce que ça va? On t'a vu et…

– Encore vous deux! Ne restez pas ici, l'endroit est dangereux! Partez, vite! crie Thomas en essuyant ses larmes.

– Mais…

Le ciel devient sombre et le même bruit que l'autre jour se fait entendre : un bourdonnement, comme s'ils étaient tous les trois en plein cœur d'un essaim d'abeilles gigantesque. Les trois sont terrifiés, car cette fois-ci la noirceur a envahi la forêt et le son est si fort qu'ils n'ont d'autre choix que de se boucher les oreilles à deux mains. C'est comme une immense tempête d'hiver, sauf que la menace n'est pas blanche.

– Vite, suivez-moi, je connais un chemin! ordonne Thomas.

– Clo, non! crie Renard. Pas question de le suivre!

– Allez, allez, il ne faut pas rester ici! insiste Thomas.

– Vite, Renard, viens! Allez… supplie Clo d'un ton paniqué.

C'est avec des yeux inquiets et des soupçons envers Thomas que Renard décide de suivre son amie. Même si son instinct lui dit de fuir, ce n'est pas nécessairement avec Thomas qu'il veut le faire. Clo crie et pleure; ce qui s'approche est terrifiant.

– Vite, dépêchez-vous les gars!

Renard, Clo et Thomas courent le plus vite qu'ils le peuvent. Descendant de ses joues, les larmes de Clo tombent sur son chandail et son pendentif. Un autre bruit menaçant se lève et une masse opaque apparaît devant eux, cette fois, qui voyage à une vitesse folle. Elle fonce littéralement sur eux. Les trois plongent par terre et le nuage passe juste au-dessus d'eux. Une guerre monstrueuse éclate derrière. Ils se relèvent et restent totalement ébahis devant ce qu'ils voient.

– Il vaut mieux ne pas rester ici!

– Thomas a raison, Renard, il faut partir.

Renard reste les jambes bien fixées au sol, les yeux grands ouverts et la mâchoire pendante. Ce qu'il voit, personne ne voudra le croire lorsqu'il le racontera, c'est certain. Clo le tire par la manche. Il finit par suivre son amie. Ils prennent la fuite en suivant Thomas.

Le son se fait de moins en moins présent plus ils s'éloignent du combat. Ce n'est que lorsque plus rien ne leur arrive à l'oreille qu'ils arrêtent de courir pour reprendre leur souffle. Seul Renard reste bien droit. Il regarde dans la direction d'où ils sont arrivés contrôlant sa respiration. Clo et Thomas sont rouges et respirent très fort. On peut presque voir leur cœur battre sur leurs tempes. Puis, tous trois reprennent le chemin du retour.

Renard et Clo marchent loin derrière Thomas, surtout parce que Renard a ralenti la cadence, maintenant que la menace s'est éloignée. En chuchotant, il confie des trucs à Clo.

— Je dois t'avouer, Clo, que

pendant quelques secondes, j'ai cru que tu contrôlais dorénavant les mouches… Mais quand j'ai vu l'attaque des soldats mites et la lutte que les deux armées se sont livrées, j'ai réalisé que ce n'était pas le cas.

– Tu dis ça comme si les mites étaient une armée menant des guerres!

– Mais c'est ce qu'ils sont, Clo : des soldats! Une armée à ton service! Ce sont eux qui nous ont sauvés!

– Et je ne sais toujours pas pourquoi!

– À quoi pensais-tu lorsqu'on fuyait?

– À comment se débarrasser de la menace des mouches! Pourquoi?

– Tu les as appelés, Clo! Et les soldats sont venus régler ton problème!

# 6

## Les hommes en noir

Aussitôt sortis de la forêt, Renard, Clo et Thomas se réfugient en lieu sûr dans le garage derrière la maison de la tante de Thomas. Il s'agit d'un ancien garage de mécanique qui lui sert maintenant de repaire. Thomas leur raconte que les hommes énigmatiques lui en veulent parce qu'il sait des choses qu'il ne devrait pas savoir. Un groupe de scientifiques mènent des expériences pas trop nettes. Mais les hommes en noir disent à sa tante qu'ils mènent une étude écologique dans le coin et que Thomas gêne les travaux. Heureusement, la tante prend la défense de son petit-neveu, car elle n'a pas confiance en ces hommes, surtout le plus grand des deux. En effet, ce dernier ne semble pas avoir une bouille sympathique.

– Ça fait deux semaines que je me demande quand vous viendriez vous mettre le nez là-dedans, exprime Thomas.

– Tu veux dire : découvrir ton jeu?

– Renard, tu peux me faire confiance, je…

– Pour toi, ce sera Maxime Fox Junior! Renard, c'est pour les intimes.

Pour une seule intime, d'ailleurs!

– Moi, je te fais confiance, Thomas.

– Merci, Cloé.

– De rien! retourne Clo en regardant du coin de l'œil son ami Renard.

– En tout cas, allez reprendre des forces et dormir! dit Thomas. Demain matin, rejoignez-moi à mi-chemin vers sept heures et demi et je vous montrerai des trucs à faire peur! Et peut-être que là, ton ami Maxime me croira… ajoute-t-il en regardant Clo dans les yeux.

Renard et Clo repartent donc vers la maison de grand-père Antoine, inquiets et intrigués à la fois. En marche, Renard continue à suspecter Thomas et Clo est dans la lune. Pour sortir son amie de son état presque comateux, Renard attaque l'intégrité de Thomas.

– Tu vois bien que son repaire est bidon. C'est n'importe quoi. Vraiment rien à voir avec la Tanière des cerveaux de course!

– C'est toi qui dis n'importe quoi! Tu es jaloux!

– Moi, jaloux? Pfffff… Non! De quoi voudrais-tu que je sois jaloux? Tu as vu comment il s'habille? Et ses cheveux tout croches?

– Bon, Camille, sors de ce corps et redonne-moi mon ami Renard!

– Camille? Ou-a-che! Je ne suis

pas comme elle… arrrrkkkkkk…

– Ça va peut-être te calmer un peu. Tu commençais un peu trop à ressembler à ta sœur, « Miss Je suis la plus belle et je regarde les autres de haut »!

– Jamais!

– Tu es jaloux parce que c'est Thomas qui a découvert ce qui ne va pas ici et que, pour une fois, ce n'est pas toi qui en sais le plus. Puis, tu étais le premier à dire qu'il y avait plein de choses suspectes dans le coin. Comme ton histoire de grenouilles éléphantesques, lance Clo d'un seul souffle, ce qui l'oblige à prendre une grande respiration ensuite.

– Je le pense encore, mais moi, je suis certain que Thomas est impliqué.

Je pense qu'il nous arrivera malheur à cause de lui et que ce Thomas va jouer un rôle dans tout ça. Je ne sais pas comment, mais il jouera un rôle.

Arrivés à la maison, ils soupent en silence. Ensuite, le grand-père leur raconte des histoires et des légendes sur l'Abitibi, assis sur la galerie.

– Les jeunes, ça vous dirait de boire un bon chocolat chaud? J'irais vous en préparer un.

Renard et Clo disent oui, c'est bien certain. Grand-père Antoine entre pour aller préparer la boisson chaude. Il fait très beau dehors, même si c'est un peu frisquet. Le calme total. Serait-ce le calme avant la tempête? Les deux amis ne le sauront que demain.

Sur la galerie d'en avant, Renard est silencieux. Il observe le feuillet d'un disque compact totalement absorbé par sa lecture comme d'habitude.

– C'est quoi? demande Clo.

– C'est arrivé chez moi juste avant qu'on parte pour ici. Mon père m'a envoyé un petit coffret édition spéciale de Buddy Holly and The Crickets par la poste, explique rapidement Renard.

– Buddy machin et les criquets?

– Oui, j'aime beaucoup le son des Crickets!

– Le son strident et agaçant qu'on entend dans plein de films pour qu'on comprenne que la nuit tombe?

– Pas l'insecte, le rock'n'roll! Mon père sait que j'aime beaucoup le rockabilly et la musique de Buddy Holly!

– En MP3, par courriel, ça ne lui tente pas?

– C'est plus *hot* en CD!

– Mais ça coûte cher d'envoyer ça. Ça arrivait d'où cette fois-ci?

– Californie.

– Au moins, il a arrêté de t'envoyer des vinyles.

– J'aimais ça les vinyles. Je recevais des grosses boîtes avec beaucoup de papier de rembourrage.

Puis, les grandes pochettes, c'est vraiment le *fun!*

– C'est ce que je disais…

– Voilà, les enfants!

– Merci, grand-papa!

Grand-père Antoine dépose la tasse de Renard à ses côtés, mais ce dernier ne bronche pas. Il est comme en transe. Le grand-père n'ose pas le sortir de son état. Il sourit et va s'asseoir près de Clo.

– Qu'est-ce qu'il écoute, notre Goupil?

– Le son des criquets!

– Pas besoin d'écouteurs pour ça. Nous les entendons très bien! Héhéhéhéhé… Mais il y en a moins depuis un bout, je trouve.

— Grand-papa, ce n'est pas de ces criquets-là dont je parle! C'est un groupe de rockabilly.

— Ah, les Crickets de ce bon vieux Buddy Holly?

— Tu connais ça, grand-papa?

— Quelqu'un a dit Buddy Holly? demande Renard en sortant de sa bulle.

— Tu écoutes The Crickets, cher Goupil?

— C'est une compilation dont quelques pièces sont avec les Crickets et c'est vraiment bon!

— Tu sais que j'ai ça quelque part au sous-sol avec mon tourne-disque, les Crickets en vinyles?

– Génial! Je suis sûr que le son des Crickets est encore meilleur!

– Allez, viens, on va écouter quelques morceaux et ensuite vous irez au lit Clo et toi, propose grand-père Antoine.

– *Cool!* répond Renard.

– Tu nous accompagnes, jeune fille?

– Wow! lance Clo d'un ton totalement désintéressé.

– Tu sais que j'ai *The Buddy Holly Story* en DVD, petite Cloé?

– Il y a un film? Ah ça, ça m'intéresse!

– On le regardera ensemble

demain soir, si vous êtes sages! Héhéhéhé…

– *Cooool!* répondent les deux amis à l'unisson.

Finalement, Clo avoue qu'elle aime bien le son de ces bestioles-là. Elle trouve très *cool* le fait que son grand-père et son meilleur ami s'entendent si bien. Après une dizaine de chansons, les deux amis cognent des clous au tempo des Crickets et le grand-père les envoie au lit. Autant Clo que Renard ne prennent pas plus de cinq minutes à s'endormir.

Le lendemain matin, ils se lèvent tôt, surtout Clo qui réveille Renard en le jetant presque en bas de son lit. Ce dernier ne trouve pas que c'est une si bonne idée de suivre le mystérieux Thomas, et ce, même s'il avoue quand même être intrigué. Ils s'habillent et descendent à la cuisine, où grand-père Antoine les attend.

– Bien dormi?

– Oui, grand-père.

– J'ai fait des crêpes! Sirop d'érable, fraises des champs, confitures maison, bananes, bleuets, crème…

– Wow, merci! s'exclame Renard.

Clo et son ami engloutissent, en un temps record, les délicieuses crêpes aussitôt déposées dans leurs assiettes.

– Je vous en ressers?

– Je… amorce Renard.

– Non merci, on a hâte d'aller jouer dehors, de prendre l'air! lance rapidement Clo. Allez, Renard!

Son ami reste estomaqué. Lui, il en reprendrait bien encore deux fois au moins, mais Clo le presse de partir en faisant des gros yeux à l'insu de son grand-père.

– Vous allez où, les enfants?

– Chez Thomas, faire des jeux, répond Clo.

– Des jeux d'espionnage… réplique Renard, toujours insatisfait de ne pouvoir reprendre des crêpes.

– Hahahahaha! Tu es drôle, Renard! Oui, oui, Renard nous montre à espionner le vent! s'empresse de dire Clo, pour rattraper la presque bourde de son ami.

– Vous n'allez pas dans le bois? demande grand-père Antoine.

– Non, non, juste chez Thomas! assure rapidement Clo.

– En tout cas, si les grenouilles engraissent ici, pas de danger que ça vous arrivent, vous êtes tout le temps partis à gauche et à droite! affirme le grand-père.

– Il faut bien faire de l'exercice et se garder en forme pendant l'été, hein? réplique Renard en regardant Clo avec les dents serrées, pensant toujours à la portion de plus qu'il aurait pu manger.

– C'est vrai, l'observateur de

grenouilles anormales est aussi un sportif, j'oubliais! Vous revenez pour le dîner? demande grand-père Antoine.

– Promis! répond Clo avec un air angélique.

– Ma petite face, toi… dit le grand-père avec le sourire.

Le temps de prendre quelques trucs et Renard et Clo prennent la direction du rang. En route, Renard n'arrête pas de répéter à Clo qu'il a un bien mauvais pressentiment concernant leur escapade avec le « démon » du fond du rang et que ça n'a rien à voir avec son estomac. Comme prévu, Thomas les attend à mi-chemin.

– Je commençais à penser que

vous ne viendriez pas! dit Thomas.

– C'est à cause de Renard qui s'empiffrait de crêpes.

– Heille! Je n'ai même pas pu en reprendre! Puis c'est toi qui n'arrêtais pas de parler avec ton grand-père.

– Il fallait bien le rassurer avant le départ. Partir avec toi dans le bois, ce n'est jamais certain. Héhéhéhéhé…

– Heille! crie Renard, presque insulté.

– Allez, venez, il ne faut pas perdre de temps! Vous vous taquinez toujours comme ça? interroge Thomas.

– Seulement depuis…

– Thomas, où va-t-on au juste? s'empresse de questionner Clo.

– Vous verrez de vos propres yeux. Ce sera mieux qu'une explication…

Ils s'enfoncent tous les trois dans la densité de la forêt. Renard et Clo continuent à se lancer des remarques sur l'histoire du déjeuner qui ne s'est finalement pas prolongé comme Renard l'aurait voulu.

La route est longue. Il fait chaud. Il y a beaucoup de moustiques. Renard en veut beaucoup à Clo qui a précipité le départ, leur faisant oublier le chasse-moustiques. Il ne se gêne pas pour tout lui rappeler régulièrement, autant le chasse-moustiques que les crêpes manquées.

– Taisez-vous, on arrive! dit Thomas à voix basse.

– Tu as compris, Clo?

– C'est toi qui parles tout le temps!

– Chut! Vous êtes de vraies pies.

– Ah non, nous sommes repérés, crie Renard.

– Chuuuuut! De quoi tu parles, Renard? chuchote Clo, inquiète.

– Ça avance, je le sens!

– Vous êtes bizarres, tous les deux! déclare Thomas.

Encore une fois, le ciel devient terriblement sombre et semble vouloir descendre sur les trois explorateurs.

– Je te l'avais dit, Clo! C'est lui! C'est à cause de lui, les mouches! C'est à cause de lui!

– Non, Renard, ce n'est pas moi! Tu ne comprends pas, réplique Thomas pour se défendre.

– Clo, vite, fuyons. Je savais que c'était un piège!

– Non, pas cette fois, Renard! fait Clo, en retenant son meilleur ami d'une main.

Comme l'immense nuage de mouches s'approche de plus en plus, Clo ferme les yeux et lève les bras. Une lourde masse se lève du sol et forme un dôme au dessus des trois compagnons. Renard est à la fois terrorisé, stupéfait et fasciné. Il ne sait plus quelle émotion éprouver.

Thomas, lui, se penche et met ses bras au-dessus de sa tête pour se protéger.

– Je vous ordonne d'attaquer, mes soldats! chuchote la princesse des mites.

Les soldats mites engagent alors un combat sans pitié contre les mouches. Pendant quelques minutes, on peut voir les mouches tenter de percer le dôme créé par les mites, mais sans succès. Le nuage gris repousse la noirceur. Les mouches ayant finalement décidé de rendre les armes, l'armée des mites disparaît aussi. Le dôme s'éclaircit jusqu'à ne plus exister. Au moment où Clo tombe à genoux, vraisemblablement épuisée, plusieurs hommes étranges arrivent sur les lieux.

– Que faites-vous ici? Vous n'avez pas le droit d'être là! Nous menons une étude écologique ici et vous êtes en train de tout gâcher!

– Vous étudiez les grenouilles, c'est ça? demande Renard. Parce que j'ai moi-même remarqué que…

– Taisez-vous, jeune homme, et suivez-nous tous les trois!

Renard et Thomas aident Clo à marcher, car elle ne semble plus avoir assez de forces pour avancer. Ils marchent environ une douzaine de minutes. En arrivant dans un campement de fortune, les deux garçons déposent Clo sur un banc en bois. Un homme en chic complet noir se présente devant eux et les fixe. Il est plus grand que les autres et n'a vraiment pas une bouille sympathique. Thomas reconnaît l'homme, car il est déjà passé chez lui. Renard fait la remarque, tout bas, que l'homme est drôlement habillé pour un biologiste ou un écologiste étudiant la forêt.

– Il me semblait aussi, le petit Leclerc! lance l'homme.

– Comment savez-vous mon nom?

– Eeeuuuuh. C'est ta tante qui nous l'a dit!

– Vous n'êtes pas habillés pour faire une étude dans les bois… dit Renard. C'est plutôt spécial! Vous ne trouvez pas?

– Monsieur Fox, vous avez raison! Moi et mes hommes ici présents, nous ne sommes pas des scientifiques.

# 7

## Savoir ou ne pas savoir?
## Telle est la question!

Le ton monte et les esprits s'échauffent dans le petit campement de fortune. Renard a une idée fixe et il s'emporte, au lieu de répondre aux questions. En fait, il accuse sans répit ces faux scientifiques de rendre obèse un peuple entier de grenouilles. Les hommes en noir lui coupent sans cesse la parole et lui ordonne de répondre à leurs questions. Clo et Thomas se font discrets seulement parce que leur ami s'empresse de répondre, comme s'il était le chef de la bande.

Après un long interrogatoire, les hommes en noir finissent par les relâcher. Ils répètent plusieurs fois aux trois compagnons que c'est dangereux dans les parages et que c'est la grosse saison des mouches. Le plus grand leur explique qu'elles sont voraces quand elles veulent et qu'elles peuvent l'être encore plus avec les enfants fouineurs.

– Nous faisons partie d'une équipe spéciale de protection des touristes, nous sommes uniquement là pour les aider et les empêcher de tomber sur les instrumentations que l'équipe scientifique a mis en place pour l'étude écologique! Compris?

– Et le mauvais cholestérol chez les grenouilles? questionne Renard.

– Oui, oui, c'est ça, nous vérifions le taux de bon et de mauvais cholestérol chez les différentes familles de grenouilles de la région! répond le plus grand, uniquement pour satisfaire Renard, c'est évident.

– Et vos pastilles, vous les testez sur les grenouilles aussi?

– Qu'est-ce que tu as dit? demande le plus grand, vraisemblablement très embarrassé par la question de Renard.

– Je ne sais pas trop… c'est sorti tout seul… réplique Renard, lui-même ne comprenant pas ce qui vient de sortir de sa bouche.

– Bon, vous êtes au pays des mouches ici et rien de plus! Il n'y a pas de conspiration. Vous êtes juste des jeunes fouines qui ont beaucoup trop d'imagination.

Renard, Clo et Thomas sont reconduits jusqu'à la sortie de la forêt en véhicule tout-terrain et se retrouvent au bout du « rang fermé ». Les trois amis ne croient pas une miette de tout ce qu'ils racontent, bien sûr. De plus, Renard croit toujours que Thomas est un menteur et peut-être même de mèche avec les hommes en noir. Comme ils commencent à marcher en direction du rang où ils habitent, sous le regard de la supposée « équipe spéciale », Renard s'en prend à Thomas en s'adressant à Clo.

– Et s'il n'a rien à voir avec eux, comment tu crois qu'ils savaient mon nom de famille? Réponds, Thomas, réponds?

– Ils savaient aussi le mien, Max, n'oublie pas!

– Arrête, Renard, arrête! ordonne Clo.

– Tu le protèges encore? Tu ne vois pas qu'il y a quelque chose qui ne va pas?

– Tu as raison, Renard, il y a quelque chose de louche, mais je crois que c'est du côté de ces hommes que ça ne va pas!

– Pendant les millions de questions, Thomas n'a répondu à aucune, accuse Renard.

– Renard, tu parlais tout le temps!
réplique Clo.

Pendant ce temps, les hommes en noir les regardent s'éloigner. Après que les trois aventuriers ont traversé la partie du rang qui tourne légèrement à gauche, il est devenu difficile pour les hommes de les voir. Renard prend Clo par la main et l'entraîne en retrait. Clo le suit sans opposition pendant que Thomas regarde sournoisement en direction du véhicule, à travers les branches.

– Tu vas arrêter, Renard, avec tes allusions envers Thomas?

– Tu ne vois rien, Clo, il t'a ensorcelée!

– Renard, tu as bien vu, tantôt, les mites ont parlé…

– Qu'est-ce que tu veux dire?

– Elles ont épargné Thomas : ce n'est pas lui qui contrôle les mouches! Ce n'est pas évident?

– C'est une supercherie, tu vois bien, il a seulement… je ne sais pas, moi… un pouvoir encore plus grand!

– Tu as vu la guerre que mon armée a menée contre les mouches? Et rien n'est arrivé à Thomas.

– Tu as murmuré quelque chose pendant l'attaque. C'était quoi?

– Une autre fois. Viens, on retourne voir Thomas!

– Tu dis « ton » armée maintenant…

Les deux amis qui s'étaient éloignés pas mal de leur compagnon en discutant rejoignent celui-ci au pas de course.

– C'est bon, ils sont partis. Qu'est-ce qu'on fait maintenant? demande Thomas.

– D'abord, tu sais quoi d'eux? s'informe Clo.

– Je les observe depuis l'été dernier et je pense qu'ils font des choses pas très légales. Sinon, pourquoi tant de secrets?

– C'est ça, ils font engraisser des grenouilles pour…

– Renard!

– Bien quoi, c'est inquiétant aussi les grosses grenouilles…

– C'est tout, tu ne sais rien d'autre, Thomas? interroge Clo.

– Non, je sais uniquement où ils travaillent en cachette.

– On n'est donc pas plus avancés! soupire Clo.

– On retourne là-bas! ajoute Thomas, sur un ton très décidé à percer le mystère.

– Mais on vient juste de se faire prendre! Ce n'est pas fort fort! rétorque Renard.

– Justement, ils ne penseront pas qu'on est assez fous pour y retourner, non? répond Thomas.

– Effectivement, Clo, si on y retourne tout de suite, on est pas mal fous! Et il y a ton grand-père qui nous attend.

– Non, Thomas a raison, ils ne se douteront pas qu'on veuille y retourner tout de suite!

– Parfait! s'exclame Thomas. Je connais un autre chemin pour se rendre à ce que je voulais vous montrer.

Comme Renard et Clo s'apprête à emboîter le pas de Thomas, ce dernier les arrête d'un coup sec et les fixe tous les deux.

– Mais avant de continuer, vous allez m'expliquer certaines choses.

– De quoi tu parles? demande Renard.

– Max, tu me soupçonnes de plein de trucs sans raison, mais vous avez aussi un secret. J'ai bien vu ce qui s'est passé avec les mouches pendant l'attaque!

– Il ne sait rien passé de spécial. Les mouches sont parties et on a fui… réplique Clo, vraisemblablement embarrassée.

– Ce serait peut-être le temps de lui expliquer certaines choses…

– Tiens, Renard, tu es de son bord, maintenant? Tu fais exprès ou quoi?

– Cloé, je suis prêt à repartir là-bas avec vous deux, mais je veux savoir. Il s'est passé quoi tantôt? demande Thomas.

Renard explique rapidement que Clo a invoqué son armée de

soldats mites et qu'elle a livré un combat aux mouches qui les attaquaient. Que tout se fait grâce à un pendentif d'origine inca que Clo a en sa possession. Et que c'est grâce aux pouvoirs de sa meilleure amie qu'ils s'en sont sortis sans une égratignure. À la limite, il doit même la remercier.

– Bon, OK, je vous parle de prouver qu'il y a un complot des hommes en noir pour éloigner les gens de la forêt, pour qu'ils puissent faire des expériences secrètes… et vous me parlez de quelque chose qui ressemble à un épisode des X-Men! Et c'est moi le menteur et l'étrange?

– Montre-lui, Clo!

– Je ne peux pas le faire juste

comme ça!

– Je suis certain que oui! dit Renard.

– Bon, OK, arrêtez de me niaiser et dites-moi la vérité! crie Thomas.

Cloé Mistral fixe devant elle quelques secondes, mais rien ne se produit. Elle abandonne.

– Je ne suis pas capable, je n'y arrive pas. Peut-être parce que je ne suis pas en danger ou entourée de personnes qui me rendent triste? Je ne sais pas.

– Pense à la douzième marche chez toi, Clo. Tu étais triste quand c'est arrivé. Pense à la douzième marche! Trouve une pensée triste!

Clo fait un signe de tête qui veut

dire oui. Elle ferme les yeux quelques secondes, puis montre du doigt un tronc d'arbre devant elle. C'est alors qu'une masse épaisse se lève du sol. Clo laisse tomber des larmes sur ses joues. Le tronc d'arbre est envahi, comme enveloppé par la masse étrange. Quand elle rouvre les yeux et se retourne, la masse est retournée dans le sol et le tronc d'arbre a disparu.

– Mais, mais... comment cela peut-il se produire? demanda Thomas, totalement ébahi.

Renard et Clo racontent brièvement les événements survenus depuis l'auditorium à Thomas. Ce dernier en sait assez maintenant pour comprendre que Clo détient un pouvoir étonnant.

– Je te promets de toujours garder ce secret, Cloé! Max, je le jure devant vous deux!

– Promis?

– Promis!

– Tu serais pas mal mieux de garder ça secret, car nous pourrions…

– Renard!

Son bon ami demande à Clo à quoi elle a pensé pour lever son armée. Elle raconte qu'elle s'est rappelé comment, après coup, elle a brisé le tapis à la hauteur de la douzième marche chez elle. Cette fois-là, elle se sentait coupable à cause de la discussion de ses parents qu'elle entendait. Mais pour la démonstration qu'elle vient de faire, elle s'est mise à se sentir coupable d'entraîner Thomas dans cette croisade, lui qui a perdu ses parents et a déjà assez souffert. Après cette brève explication, Thomas prend la main de Clo pour lui dire merci.

– Bon, il faudrait peut-être penser à partir! décoche expressément Renard.

# 8

## L'art de la guerre

Les trois acolytes partent donc à la découverte des fameux bâtiments, au cœur de la forêt, que Thomas leur a décrits. Ce dernier s'est déjà rendu sur les lieux à quelques reprises, bien avant que les hommes en noir ne commencent à suspecter sa présence dans le coin.

– Qu'est-ce qu'il y a, Renard? demande Clo, en remarquant que celui-ci observe sa main en grimaçant.

– C'est ma coupure qui me fait mal, on dirait qu'elle s'est infectée.

– Quelle coupure? rajoute Clo, qui essaie de se rappeler.

– Bien, celle que je me suis… Attends un peu! Je me souviens de m'être coupé en touchant l'énorme grenouille avant-hier, quand ton grand-père et toi m'avez retrouvé inconscient.

– Et ça fait très mal? demande Thomas.

– Oui, énormément. C'est peut-être ça qui m'a étourdi et qui m'a fait tomber dans les pommes! Pourtant, les grenouilles des bois…

Soudainement, Renard arrête ses amis pour leur dire qu'il sent une menace. Tous entendent bien les mouches qui bourdonnent au loin, mais elles ne semblent pas s'approcher d'eux. Est-ce qu'elles ont compris que la présence de Clo dans l'équipe veut aussi dire se battre? Clo sait maintenant qu'elle peut diriger l'armée de soldats mites, même si elle ne sait toujours pas pourquoi. Ce qu'elle a fait dans les bois deux heures auparavant, elle l'a fait d'instinct, comme s'il sommeillait depuis longtemps en elle une guerrière. Pour ce qui est du tronc d'arbre, elle a tout fait consciemment.

Les trois aventuriers continuent d'avancer dans les profondeurs de la forêt. Renard, au passage, a pris le temps de repérer une plante dont la sève peut servir de chasse-moustiques. C'est grâce à sa connaissance des plantes qu'il a d'ailleurs pu la reconnaître. Il a lu l'information dans un des nombreux livres de sa bibliothèque à la Tanière des cerveaux de course. Un livre que le Hibou lui a donné un jour, le disant invendable parce que trop abîmé. Renard lui a ensuite refait une beauté avec des tonnes de ruban gommé.

– Vous voyez, ça marche mon truc de plante!

– Qu'est-ce que tu veux dire?

– Cette plante éloigne les mouches! Elles se tiennent loin de nous.

– Ne pas en avoir sur moi, je me

tiendrais moi aussi loin de vous! Ça pue tellement ton truc! s'exclame Thomas.

Les trois compagnons marchent encore un bout. Renard n'ose plus regarder sa montre parce qu'il sait qu'il est tard. Mais lui et ses compères ne peuvent plus reculer, ils doivent savoir. Puis, un peu plus loin, ils commencent à voir graduellement des bâtiments. Cela ressemble à un genre de campement militaire avec des bunkers de métal entourant d'autres bâtiments en bois rond et des tentes en toile. Plus ils s'en approchent et moins ils entendent les mouches, comme si celles-ci n'osaient pas s'approcher du campement.

– Par ici, restez baissés. On

devrait pouvoir s'approcher de l'endroit en longeant les gros arbres, juste là! explique Thomas à voix basse.

En se rapprochant du bunker que leur ami expert du coin a dans sa mire, ils voient plusieurs hommes en noir y entrer. Le bâtiment semble protégé par un clavier à code numérique.

– Ça prendrait ça à la Tanière des cerveaux de course!

– Chuuuuuuut, Renard!

– Quoi? Je l'ai dit en chuchotant!

– Chuuuuuuuut!

– Venez, je m'y suis déjà introduit par là! Je crois que c'est le quartier général!

– Comment? murmure Renard.

– En passant par la ventilation! N'ayez pas peur, je l'ai déjà fait une dizaine de fois depuis l'an dernier, sans problème.

– Et tu n'en sais pas plus sur ce qu'ils font ici?

– Il n'y avait jamais personne quand je venais.

Plus ils s'enfoncent dans la bouche de ventilation, plus ils entendent des voix au loin qui se rapprochent. Les hommes en noirs discutent entre eux. Ils discutent de projets secrets, mais aussi de la présence gênante des enfants et autres touristes dans le coin. L'un explique que, si ça continue, ils devront peut-être tout arrêter et quitter les lieux.

– Certains touristes déran-
geaient beaucoup, surtout ceux qui
louaient les chalets sur le bord du
lac, mais on a réglé ça en rachetant
les chalets! Maintenant, on s'en sert
pour entreposer du matériel. Les
gens du coin voient un va-et-vient,
alors ils croient toujours que les
chalets sont loués. Cela fait donc un
problème de réglé!

– Il y avait aussi le gars au
village tout près qui proposait des
visites guidées aux vacanciers. Mes
gars et moi, nous nous sommes
arrangés pour qu'il reçoive une offre
d'emploi ailleurs. Une offre qu'il ne
pouvait refuser! affirme d'un sourire
machiavélique le plus grand des
hommes en noir.

– Mais là, il y a les jeunes...

– Le petit Leclerc était déjà un sale fouineur quand il était seul. Et maintenant, il y a les deux autres, dont le jeune Fox, lance le grand.

– Heureusement qu'il ne semble pas se souvenir de la fléchette que vous lui avez lancée l'autre jour afin de…

– Il s'intéressait un peu trop aux grenouilles! interrompt rapidement le grand. Il aurait fini par voir que certaines sont fichées et plutôt spéciales.

– Il en avait une dans la main d'ailleurs quand on l'a endormi.

– Que va-t-on faire avec eux, alors? Aujourd'hui, ils ont dépassé les bornes ou pas?

– Ils vont finir par découvrir que nous éloignons les habitants et les touristes de nos terres. Ils comprendront tôt ou tard que les endroits sont utilisés par l'armée pour faire des essais d'armes biologiques et de mutations sur les animaux, mais aussi sur les humains! explique le grand.

– Notre nouvelle espèce de mouches qui attaquent tout ce qui est vivant à l'intérieur d'un périmètre, il faut la protéger et c'est à vous de le faire! C'est pour ça que le gouvernement vous paie.

– Vous voulez que nous protégions votre découverte et en même temps vous la détruisez vous-mêmes.

Il faudrait vous brancher! poursuit le grand.

– Il faut maintenir un certain équilibre, c'est pourquoi on a dû créer une grande famille de grenouilles mutantes qui seraient résistantes aux attaques des mouches, avec une armure et une crête dure comme le métal. Il le fallait, question de s'assurer que jamais les mouches prendraient le dessus sur nous ou en viendraient à ne plus suivre le signal. Chaque fois que vous resserrez le périmètre, la quantité de mouches comprise dans ce périmètre rend le tout de plus en plus dangereux.

– Plus il y aura de fouineurs, plus nous devrons resserrer! Ordre du gouvernement! tranche le plus grand.

– On doit agir rapidement.

– En commençant par le fameux trio?

– Il faut trouver une façon propre de les éloigner d'ici à tout jamais.

– Pour le petit Leclerc, il a aussi de la famille aux États-Unis. Nous pourrions trouver une façon qu'il y retourne. Les deux autres ne sont pas du coin, mais risquent d'y revenir tôt ou tard, le grand-père de la petite habite dans un rang tout près, explique le grand.

Venant d'entendre tout ce qui se passe plus bas, Renard, Clo et Thomas chuchotent. Ils sont sidérés par ce qu'ils entendent, car cela va bien au delà de ce qu'ils pensaient comme complot.

– Je savais qu'il se passait quelque chose de pas normale avec les grenouilles…

– Il faut trouver un moyen de mettre à jour le complot!

– Vite, il faut aller prévenir la police.

En se reculant, Renard accroche la paroi avec son coude. Il n'y a presque rien de pire que de se cogner le coude, en plus quand il faut garder le silence. Les trois s'immobilisent un instant, espérant que personne n'a perçu le petit bruit.

– Vous avez entendu? lance le grand.

– Vous ne trouvez pas que ça

sent drôle depuis tantôt?

– Oui, c'est vrai!

– On dirait que ça vient de la ventilation.

– Encore une moufette?

– Non! On dirait l'une de nos plantes! précise un homme en sarrau blanc.

En enlevant la plaque de la trappe de ventilation, les hommes en noir découvrent les trois espions. L'un d'eux tire Clo, qui est la plus près, par le bras et la jette par terre. Elle va se cogner la tête sur une étagère de métal. Un autre ouvre une trappe plus loin pour s'assurer que Renard et Thomas ne peuvent pas se sauver. Les deux garçons sont, à leur tour, tirés violemment de leur cachette. Les hommes en noir les invitent rudement à les suivre et à prendre place sur des chaises au milieu de la pièce.

– Vous puez tellement! Pourquoi vous avez-vous aspergés de cette plante infecte?

– C'est moi, monsieur… Eeeuuuuhhh, C'était mon idée!

– Renard, tu avais dit que ça nous protégerait et non que ça nous dénoncerait! marmonne Clo, fâchée et effrayée.

– Je me suis sûrement trompé! J'ai dû confondre cette plante avec une autre! Je n'avais pas mon livre avec moi et comme je ne suis pas une encyclopédie de botanique quand même… bien presque pas… enfile rapidement et très nerveusement Renard.

– On sait ce que vous manigan-cez! accuse Thomas.

– Vous êtes, tous les trois, bien loin de tout savoir ce qui se passe ici. Sinon, jamais au grand jamais vous n'y auriez mis le pied! sermonne le plus grand des hommes en noir.

# 9

## Sa majesté les mouches

Découverts, les trois otages sont amenés devant le colonel Baal, chef de cette conspiration, dont le seul supérieur est le gouvernement. Il se trouve aussi dans le même bunker, mais un étage plus bas. Dès la découverte des jeunes espions, un des hommes en noir est descendu avertir le colonel. Ce dernier est donc déjà au courant de la présence gênante des intrus.

Le colonel Baal entreprend donc

d'expliquer à Renard, Clo et Thomas, avec un certain enthousiasme, la gravité de la faute qu'ils ont commise en se mettant en travers de son chemin. Autoritaire et droit, il affiche aussi un sourire plutôt sadique.

– Même si vous avez fait la connaissance aujourd'hui du sergent Nergal et de ses troupes, vous êtes revenus jusqu'ici. Quelle audace! réprimande Baal.

– C'est le très grand, Nergal? demande Renard.

– Vous dérangez l'Ordre! Est-ce clair? hurle Baal.

– Déranger l'ordre publique, ça veut, en fait, dire que…

– Taisez-vous, jeune Fox!

– Puis, comment se fait-il que vous connaissiez mon nom? ose répliquer Renard.

– Oh oui, Fox le fouineur qui a le nez partout et pas juste dans les livres! Nous avons même trouvé de la littérature sur vos exploits à Mont-Joli. Vous êtes des stars, votre amie et vous, et on vous fait des excuses publiques. Attention madame, attention monsieur, on ne rit plus! réplique très ironiquement le sergent Nergal. On retrouve facilement vos traces dans internet!

– Mes traces?

– En fait, je suis certain que si vous étiez resté chez vous cet été, nous n'aurions pas eu de problèmes avec votre petite amie… poursuit Nergal.

– Ce n'est pas… commence à dire Renard.

– Moi, je savais et je me préparais à tout dire! affirme Thomas.

– Monsieur Leclerc, je le sais. C'est la raison pour laquelle nous avions commencé à prendre nos précautions, d'abord en menaçant votre vieille tante! annonce Nergal.

– Comme vous savez maintenant ce qui se passe ici, du moins en partie, nous n'aurons pas le choix, nous devrons nous servir de vous. Nous effacerons votre mémoire et nous vous mènerons devant notre armée de mouches! Vous serez piqués à l'extrême! explique le Colonel.

– Nous sommes des enfants. Vous êtes un monstre! Vous êtes tous des monstres! crie Thomas avec les larmes aux yeux.

– Justement, ça nous servira. Nous vous ramènerons à vos parents en grands sauveurs, en leur disant qu'il s'en est fallu de peu pour que vous perdiez la vie. Fort heureusement, nous vous aurons sauvés d'une attaque de mouches. Nos soldats seront déguisés en vacanciers, pour rendre le tout plus crédible. L'histoire fera les choux gras dans les médias, explique Baal avec toujours autant d'enthousiasme.

– Et pourquoi?

– Cette mascarade nous donnera la chance d'enfin pouvoir tracer un périmètre de sécurité sans que personne se doute de ce que nous faisons ici. Le nouveau périmètre aura pour alibi des fausses recherches afin de contrer le fléau du trop grand nombre de mouches. Et enfin, nous n'aurons plus de vacanciers et de résidents du coin pour ralentir nos travaux, car ils auront peur de s'approcher! En tout cas, il n'y aura plus jamais de curieux dans le coin. Finalement, vous nous simplifiez la tâche. Vous nous offrez sur un plateau d'argent la solution que nous cherchons depuis un an. Sans le savoir, vous serez nos marionnettes, poursuit le Colonel.

– Vous êtes une bête lâche et cruelle! crie Clo, plus révoltée qu'apeurée.

– Oui, peut-être, mais... la bête qui tire les ficelles, réplique Baal.

– Colonel Baal, qu'allons-nous faire au juste? demande Nergal.

– D'abord, effacez leur mémoire! Vous vous souvenez de l'heure précise? Remontez jusqu'à quelques minutes avant que vous les ayez trouvés. Puis donner une double dose à monsieur Fox, car ça ne semble pas avoir tout effacé la dernière fois!

– Oui, colonel Baal. Et ensuite? demande un homme en noir.

– Conduisez-les dans le bâtiment central, je vous rejoins dans quelques instants. Puis, lancez le signal pour les mouches, il ne restera qu'à retirer la toile. Ne perdons pas de temps, il se fait déjà tard. Docteur, Nergal, restez, nous avons à réfléchir sur la suite. Nous devrons mettre en place une parade rapidement!

Des hommes en noir sortent du bunker et emmènent Renard, Clo et Thomas vers le bâtiment en question.

– Bravo pour la senteur et le bruit, Renard! blâme Thomas.

– Tu aurais pu faire mieux, toi?

– Les gars, gardez vos forces! réplique Clo.

– Est-ce qu'il a vraiment dit : effacer la mémoire?

– Je crois qu'il niaisait, Renard. J'espère…

– J'ai comme l'impression qu'il ne niaisait pas… exprime Thomas, fort inquiet.

– Si j'ai bien compris, ils ont déjà essayé leur truc sur moi quand je capturais des grenouilles.

– Mais là, on fait quoi? demande Clo.

– On espère qu'ils ne nous feront pas subir des tests… mortels!

– Tu es rassurant…

En marche, Renard observe l'un des hommes en noir à côté de lui, surtout son visage. En fait, ce sont ses drôles de lunettes qu'il regarde.

– J'aimerais ça avoir des lunettes comme Buddy Holly! lance, tout bonnement, Renard à Clo.

– Ceux qui sont obligés de porter des lunettes détestent ça et toi qui n'en as pas besoin, tu aimerais en avoir? On est gardés prisonniers! Renard, des fois tu…

– Ben quoi? Elles sont *cool* ses lunettes…

– Ce n'est pas le moment de parler de la beauté ou non des lunettes de truc-machin! grogne Thomas.

– Holly, Buddy Holly…

– Renard! grogne à son tour Clo, exaspérée.

À leur arrivée à l'endroit ordonné par le colonel Baal, on les place sur de drôles de chaises. L'endroit où ils se trouvent ressemble à un aréna, mais sans la glace au centre et les bancs autour pour observer le match. Une immense toile sert de toit. Ensuite, un homme en sarrau leur explique, dans les détails, ce qu'ils s'apprêtent à subir.

– D'abord, on installe ce casque sur votre tête, afin de vous relier à cet ordinateur. Ensuite, on vous place une pastille rouge comme celle-ci sur la nuque. On peut calculer, à quinze minutes près, l'effacement de la mémoire. Quand le temps voulu est atteint, on peut le voir sur le moniteur juste ici. On place ensuite une deuxième pastille, bleue cette fois, qui agit comme un catalyseur, enclenchant ainsi la fin du processus. Et voilà, vous venez de perdre un bout précis, ou presque, de votre mémoire. Génial, non?

– Intéressant. Et ça fonctionne?

– Renard, ça n'a rien d'intéressant!

s'impatiente Clo.

– Pour la science c'est *cool*, mais de l'utiliser sur nous, c'est horrible! reprend Renard, intrigué et révolté à la fois.

– Vous verrez, ça ne laisse qu'une plaque qui ressemble à une bonne morsure de grosse mouche noire, ou de mouche à chevreuil si vous préférez! Ah c'est vrai, vous ne le saurez plus après l'effacement! Hahahahahaha…

– C'est ce que vous m'avez fait l'autre jour? C'est pour ça que je ne me souviens de rien?

– Nos hommes de la sécurité t'ont ramené plus près de la maison, car tu arrivais presque à l'un de nos campements itinérants, explique l'homme en sarrau.

– Je commence à me rappeler… pense tout haut Renard.

– Impossible!

– Vous voulez parier? réplique Renard.

– Tais-toi et tiens-toi tranquille!

– Oui, Renard, tais-toi! implore Clo qui a de plus en plus peur.

– Surtout, ne bougez pas, on revient! lance l'homme en sarrau.

– Et ne pensez même pas à fuir. Il y a des gardes postés à l'extérieur! hurle au loin l'homme en noir avec les drôles de lunettes.

Les hommes en noir enferment les prisonniers à clé. L'homme en sarrau se rend au bunker principal informer le colonel Baal que tout est prêt pour l'opération « Efface-mémoire ».

– Vous ne les avez pas laissés seuls, j'espère? demande Baal.

– Non, des hommes montent la garde à l'extérieur du…

– Ils sont seuls à l'intérieur?

– Oui, mais…

– Sombre incompétent! Nergal vient de m'informer que la petite serait peut-être capable de repousser une attaque de mouches, alors imaginez si… Vite, Nergal, partez les empêcher de faire quoi que ce soit! ordonne Baal.

– Ce ne sont que des enfants

inoffensifs… ajoute piteusement l'homme en sarrau.

– Fermez-la, sombre idiot! termine le colonel.

Quand Nergal entre dans l'aréna, il est trop tard, Clo appelle les soldats mites. Les jeunes ont comploté aussitôt qu'ils se sont retrouvés seuls. Clo a promis de sortir ses amis de là vivants. Le sergent Nergal déguerpit aussitôt et ordonne que la toile soit retirée. Instantanément, une horde de mouches arrive par la grande ouverture que laisse l'absence de toit. C'est un combat final. Les soldats mites mènent une bataille sanglante. Le bâtiment est finalement détruit, ainsi que toutes les installations en bois ou en toile. Seuls les bunkers restent bien droits.

Renard, Clo et Thomas profitent de la guerre des mites pour se sauver dans les bois. Les hommes en noir, occupés à sauver leur propre peau, ne se rendent pas compte que les trois fugitifs se sont échappés.

Et comme ils courent sans se retourner, ils entendent au loin ce qui ressemble à la voix de Baal :

— Je vous retrouverai, un jour, vous entendez? Je vous retrouverai…

Les trois amis courent le plus rapidement qu'ils le peuvent. Thomas les guide à travers les bois qui deviennent de plus en plus sombres à cause de l'absence de soleil. À cet instant, ils ne veulent que deux choses : arriver vivants à la maison et prévenir la police.

À la sortie du « rang fermé », le grand-père de Clo et plusieurs habitants du coin les cherchent. Les gens présents voient arriver les enfants totalement affolés. Sans même avoir une explication, il est facile de voir qu'ils ont eu très peur.

Une battue a été organisée, parce que Renard, Clo et Thomas manquaient à l'appel après le souper. Le grand-père les a cherchés tout l'après-midi, seul au début, ensuite avec la vieille tante qui s'inquiétait de la longue absence de Thomas. Puis ils ont téléphoné à des gens et un petit groupe s'est rapidement mobilisé.

Grand-père Antoine en larmes coure vers sa petite fille et la prend dans ses bras.

– Cloé, ma belle Cloé!

– Grand-papa!

– Merci, merci, Maxime et Thomas, d'avoir pris soin de ma petite Cloé…

– Grand-père Antoine, en fait, c'est Clo qui a pris soin de nous deux…

– C'est vrai… confirme Thomas.

Les enfants racontent ce qui s'est passé. Même si cela paraît des plus improbables, le grand-père demande à ce qu'on appelle la police pour qu'elle vienne vérifier rapidement. Un concitoyen qui a un téléphone portable appelle rapidement. Bien sûr, le trio tient sous silence tout ce qui relève du paranormal et parle seulement du complot et de l'enlèvement. Et comme les trois parlent en même temps, les gens présents ont bien du mal à comprendre ce qui est arrivé réellement. Étant donné que les enfants sont sains et saufs, tout le monde rentre chez eux.

Le lendemain matin, la police va vérifier sur les lieux. Mais tout a disparu, il ne reste que ce qui ressemble à des traces de campement de touristes et de feux de camp. Rien de ce que les enfants ont décrit n'est visible sur place.

– Encore des jeunes qui ont voulu se rendre intéressants!

– Allez, les gars, on repart!

Deux policiers passent informer grand-père Antoine qu'ils n'ont rien trouvé. Ils expliquent que les jeunes ne devraient plus inventer de telles sottises à l'avenir. Ils repartent rapidement, ne voyant pas comment ils pourraient aller plus loin dans les vérifications.

– C'est avec de pareilles histoires qu'on fait fuir les touristes! dit l'un des deux avant de quitter.

Après ce qui vient d'arriver, les parents de Clo et la mère de Renard demandent aussitôt le rapatriement de leurs rejetons en sol mont-jolien.

– Pourquoi tu nous as crus, grand-papa?

– En vous cherchant, je suis tombé sur la plus grosse grenouille que je n'ai jamais vue! Presque aussi grosse que Marmotte! J'ai bien dû m'avouer que notre Goupil, même s'il a beaucoup d'imagination, n'avait pas trop « inventé » cette fois! Et qu'il avait flairé quelque chose de pas normal. Pour le reste, on en reparlera une autre fois. L'important, c'est que vous soyez là!

– Grand-père Antoine, je suis fatigué! annonce Renard en revenant de se brosser les dents. De toute façon, je ne pense pas que nous allons regarder le film sur Buddy Holly…

– Va dormir, mon valeureux Goupil… Toi aussi, ma belle Cloé. Ton père arrive demain à l'aéroport. Vous retrouverez tous les deux la tranquillité de Mont-Joli très bientôt!

– Nous pouvons apporter le DVD avec nous, grand-papa?

– Je vous le posterai dès demain, promis! Je n'oserais jamais mettre Buddy Holly sur le même vol que vous…

Les deux amis montent se coucher, en se demandant, chacun de leur côté, ce que le mot tranquillité veut dire, désormais…

# Table des matières

Lac Sandy, août 2009 –
Trois-Rivières, janvier 2010

Déjà disponible en librairie :

## La princesse des mites - Tome 1

## Mot de l'auteur

Tout comme moi, Renard a grandi dans la petite ville de Mont-Joli. Située dans la MRC de La Mitis, elle est la première ville de la région touristique de la Gaspésie. Cloé, elle, a grandi à Rimouski, une ville importante du Bas-St-Laurent, ville où j'y ai fait mes études collégiales. Même si les différentes histoires de la série Mistral se dérouleront dans quelques endroits différents, Mont-Joli en sera toujours le centre.

Du plus loin que je me souvienne, j'ai toujours aimé inventer, pour rire, des théories de complots. Avec *Au pays des mouches*, je m'en suis donné à cœur joie…

Merci Jessie, Isabelle, Karine, Michel, Nadine, Amy et Karen

Merci Bryan, Sylvain, Sylvie-Catherine et Corinne

Pierre

## L'auteur

Pierre Labrie a décidé d'adopter la terre en naissant à Mont-Joli, le 23 avril 1972. Après avoir étudié à la polyvalente Le Mistral, le vent le poussa jusqu'à Rimouski·où il fit des études en génie civil au cégep de l'endroit. Une bourrasque associée à sa passion première, la musique, lui fit changer de cap. Tout en parcourant les scènes du Québec, en tant que bassiste et guitariste au sein de différents groupes rock, il étudia en lettres et langues, toujours au cégep de Rimouski, avant de quitter la ville des grands vents pour Trois-Rivières afin de poursuivre des études universitaires en littérature. Il habite dans la capitale de la poésie depuis maintenant quinze ans, mais revient souvent sur la terre de ses premiers pas.

Pierre Labrie adore la musique (rock, punk, métal, jazz et techno), les livres, le cinéma, l'art actuel et il aime nourrir les extraterrestres réfugiés sur terre qu'il cache dans son placard. Pierre Labrie rit tous les jours.